dick bruna

miffy

en el
zoológico

planetainfantil

el papá de miffy dijo

tengo una muy buena idea

vamos hoy al zoológico

es un paseo que recrea

al zoológico, gritó miffy

sí que me gusta, muy bien

pero está muy lejos

y tendremos que ir en tren

el viaje fue en un vagón

sentados junto a la ventana

vieron pasar casas y campo

y una torre con campana

han viajado por una hora

y al zoológico han llegado

dice papá conejo

miffy, mantente a mi lado

pasearon por un sendero

hola miffy, se oyó a coro

son aves amistosas

que saben hablar, ¡son loros!

¿qué es?, preguntó miffy

un caballo tan chistoso

con rayas por todo el cuerpo,

¿una cebra? qué gracioso

también vieron un canguro

tiene una bolsa en el frente

ahí su bebé canguro

cómodo y feliz se siente

luego vieron elefantes

tan grandes que miedo dan

estiran su larga trompa

para comerse su pan

el de allá es un mono

columpiándose de un pino

lo hace con una mano

tan fácil y con qué tino

ay las jirafas, dios mío

pero qué cuellos tan largos

no te preocupes, mi miffy

que no te harán ningún daño

y fue llegando la tarde

dime, miffy, a dónde vamos

¿con la tortuga gigante?

qué divertido paseamos

el paseo ha terminado

de nuevo a abordar el tren

miffy se ha quedado dormida

dulces sueños, mi bien

Título original: nijntje in de dierentuin
Ilustraciones por Dick Bruna © copyright Mercis bv, 1963
Texto original © Dick Bruna 1963
Traducción al español por Eunice Cortés
Publicado bajo licencia de Mercis Publishing bv, Holanda
Derechos reservados
© 1999, Editorial Planeta Mexicana, S.A. de C.V.
Avenida Insurgentes Sur núm. 1162
Col del Valle, 03100 México, D.F.
Primera edición: junio de 1999
ISBN: 968-406-914-6

Impreso por Sebald Sachsendruck Plauen, Alemania